AF603108

Blaisot (Mlle) 1890 - Octobre 24

1RE VENTE (N° 101)

Pour cause de cessation de commerce de Mlle BLAISOT

ESTAMPES

DES ANCIENNES ÉCOLES

ALLEMANDE, FLAMANDE, HOLLANDAISE, ITALIENNE

ESPAGNOLE ET FRANÇAISE

DES XVIE ET XVIIE SIÈCLES

24 et 25 Octobre 1890

Me MAURICE DELESTRE	M. DUPONT AINÉ
Commissaire-Priseur	Md d'Estampes
27, RUE DROUOT, 27	21, RUE DE SEINE, 21

IMPRIMERIE D. DUMOULIN ET Cie
Rue des Grands-Augustins, 5, à Paris.

(N° 101)

CATALOGUE

D'ESTAMPES

DES ANCIENNES ÉCOLES

Allemande, Flamande, Hollandaise, Italienne, Espagnole et Française

DES XVIe ET XVIIe SIÈCLES

Aldegraver, Béham, Berghem, Bonasone, Abr. Bosse, Callot, L. Cranach, Della-Bella, Alb. Durer, Van Dyck, A. Flamen, Goltzius, Hollar, Karel du Jardin, Séb. Le Clerc, Th. de Leu, Cl. Lorrain, Lucas de Leyde, C. de Passe, G. Pencz, Pérelle, M.-Ant. Raimondi, Rembrandt, Ribera, Isr. Silvestre, Swanevelt, Tiépolo, Enée Vico, Visscher, Waterlo, Zéeman, etc.

GRAVURES EN LOTS

1re VENTE

Pour cause de cessation de commerce de Mlle BLAISOT

HOTEL DES COMMISSAIRES-PRISEURS

RUE DROUOT, 9, SALLE N° 4

Les Vendredi 24 et Samedi 25 octobre 1890

à une heure et demie.

Par le ministère de Me **MAURICE DELESTRE**, commissaire-priseur,
Rue Drouot, 27

Assisté de **M. DUPONT aîné**, marchand d'estampes, rue de Seine, 21.

PARIS, 1890

CONDITIONS DE LA VENTE

Elle sera faite au comptant.

Les acquéreurs paieront 5 0/0 en sus des enchères applicables aux frais.

M. Dupont se réserve la faculté de réunir ou de diviser les lots.

ORDRE DES VACATIONS

Vendredi 24 octobre.	Estampes	Nos	1 à 206
Samedi 25 octobre.	—	Nos	207 à 339
—	— Gravures en lots. . .	Nos	340 à la fin.

DÉSIGNATION

ESTAMPES

ANONYMES

1 — Bois du xve siècle : Le Père Eternel. — Le Christ en croix, in-fol. Deux très belles épreuves sur parchemin.

2 — Le Jeu. Petite pièce. Très belle épreuve. Rare.

3 — Une Bataille, grand in-fol. Très belle épreuve.

4 — L'Asinaria. Très belle épreuve.

ANONYME, de l'École italienne

5 — L'Enfer de Dante (B. 8). Belle épreuve.

AKEN (J. VAN)

6 — Paysages (B. 17 à 21). Cinq pièces, très belles épreuves.

AKERSLOOT (W.)

7 — Frédéric-Henri, prince d'Orange, en pied. — Amélie, princesse d'Orange, en pied, avec ses enfants, in-4. Deux pièces, très belles épreuves. Extrêmement rares.

ALDEGRAVER (H.)

8 — Aman et Thamar (B. 24). Belle épreuve.

9 — Le Bon Samaritain (B. 44). — Le Mauvais riche (45 et 46). Trois pièces, belles épreuves.

10 — Mars (B. 76). — Vénus (79). Deux pièces, belles épreuves.

ALDEGRAVER (H.)

11 — Les Danseurs de noce, 1538 (B. 165, 167, 171). Trois pièces.

12 — Les Danseurs de noce (B. 144, 145, 147, 148, 149, 150). Neuf pièces.

ALMELOVEN (J.)

13 — Les Saisons (B. 13-16). Suite de quatre estampes en losange, très belles épreuves.

AMMAN (JOST)

14 — Une Grande salle de conseil au milieu de laquelle l'empereur est assis (B. 13). — Deux autres sujets faisant suite. Ensemble trois pièces.

ANDRÉA (ZOAN)

15 — La Danse des quatre femmes (B. 18). Très belle épreuve.

BARRIÈRE (DOM.)

16 — La Villa Aldobrandini. Un vol. in-fol. br., contenant vingt-deux planches.

BÉATRIZET (N.)

17 — La Mort de Méléagre (B. 41). Très belle épreuve.

18 — Les Soldats romains combattant contre les Daces (B. 94). Très belle épreuve.

BÉHAM (H.-S.)

19 — La Bonne fortune. — La Fortune contraire (B. 140-141). Deux pièces, très belles épreuves.

BÉHAM (H. ET B.)

20 — L'Impossible. — Combat d'hommes nus. — Trajan. — Les travaux d'Hercule. Neuf pièces, belles épreuves.

BERGHEM

21 — Le Berger assis sur la fontaine (B. 8). — Le Ruisseau traversé (12). — La Vache couchée près de celle qui est debout (13). — L'Ane (14). Quatre pièces, très belles épreuves.

22 — Sujets d'animaux en largeur. Suite de quatre pièces (B. 13-16). Belles épreuves, toutes marges.

23 — Le Cahier à la femme. Suite de six pièces (B. 29-34). — Le Cahier à l'homme. Six pièces tirées de deux suites différentes. Ensemble douze pièces, belles épreuves.

24 — Paysages avec figures et animaux, par J. Visscher. Huit pièces, très belles épreuves.

BISCAÏNO (B.)

25 — La Nativité (B. 7). — La Vierge allaitant l'enfant Jésus (20). — Sainte Famille (26). — Saint Joseph (31) — Saint Christophe (35). — Sainte Marguerite (36). — Saint Antoine et saint Paul (37). — Galatée (40). Neuf pièces, très belles épreuves.

BLÉKER (G.)

26 — Paul et Barnabé à Lystre (B. 5). Très belle épreuve.

BLOÉMART (C.)

27 — Saint Antoiue de Padoue. Très rare épreuve avant toute lettre ; la partie du haut de l'estampe est à l'eau-forte pure.

28 — La Vision de saint Iguace, d'après Abr. Bloèmart. Très belle épreuve.

29 — Le Joueur de cornemuse. Très belle épreuve.

BOISSARD (Rob.)

30 — Nymphes. Très belle épreuve.

BOL (Ferd.)

31 — Portrait de femme dans un ovale (B. 17). Très belle épreuve. — Plus la copie.

BOL (Cl)

32 — Saint Jérôme dans une caverne (Cl. 3). — Portrait d'officier (12). — Portrait de femme (15), etc. Six pièces, belles épreuves.

BONASONE (J.)

33 — La Naissance de saint Jean-Baptiste (B. 76). Très belle épreuve avant que l'adresse de Lafreri ait été effacée.

34 — Scipion blessé, d'après Polidore de Caravage (B. 81). Belle épreuve.

35 — Clélie traversant le Tibre (B. 83). Belle épreuve.

36 — Les Troyens introduisant dans leur ville le cheval de bois (B. 85). Très belle épreuve.

37 — Silène monté sur un âne (B. 88). — Deux Satyres amenant Silène au roi Midas (89). — Bacchus couché sur un char (90). Trois pièces, très belles épreuves.

38 — Le lever du soleil (B. 99). Très belle épreuve.

39 — La déesse Flore assise dans un jardin, au milieu de plusieurs nymphes (B. 111). Belle épreuve.

40 — Combat de cavaliers. Très belle épreuve.

BONNART (N.)

41 — Portraits de femmes. Vingt-trois pièces, belles épreuves.

BOSSE (Abr.)

42 — Le Mariage à la ville : le Contrat (G. D. 1374). — L'accouchement (1376). Deux pièces, très belles épreuves; la dernière est rognée en bas.

43 — Le Mariage à la campagne : la Fiancée (G. D. 1380). — La Danse (1381). Deux pièces, très belles épreuves du premier état avec l'adresse de Leblond.

44 — Le Sculpteur (G. D. 1386). Très belle épreuve.

45 — Le Maître et la Maîtresse d'école (G. D. 1389-1390), Deux pièces, très belles épreuves.

BOSSE (Abr.)

46 — Les Métiers : la Saignée (G. D. 1391). — L'Etude du procureur (1393). — Le Cordonnier (1394). — Le Barbier (1396). — Le Pâtissier (1397). Cinq pièces, très belles épreuves du premier état.

47 — Judith met la tête d'Holopherne dans un sac (G. D. 4). — La Renommée ; frontispice (292). — Sujets divers de l'école d'Abr. Bosse. Neuf pièces.

BRUYN (N. de) et J. MULLER

48 — Le Massacre des Innocents. — Loth et ses filles. — Harpocrate. Trois pièces, très belles épreuves.

BRY (Théod. de)

49 — Triomphe de Bacchus. Belle épreuve.

BURANI (Fr.)

50 — Silène (B. 1). Belle épreuve. Seule pièce gravée par ce maître.

CALLOT (J.)

51 — Son Portrait, d'après lui-même, in-8. — Le Passage de la mer Rouge (M. 1). — Le Massacre des Innocents, deuxième planche (6). Trois pièces, très belles épreuves.

52 — Le Sauveur (M. 105). — La Vierge Marie (106). Deux pièces, très belles épreuves.

53 — Le Miracle de saint Mansuy, évêque de Toul (M. 141). Belle épreuve.

54 — Les Martyrs du Japon (M. 155). Belle épreuve du premier état avant l'adresse de Silvestre.

55 — Les sept Péchés capitaux (M. 157-163). Épreuves du quatrième état.

56 — Les Armes de Lorraine-Chevreuse (M. 492). Très belle épreuve du deuxième état; marge.

CALLOT (J.)

57 — Les Grandes misères de la guerre (M. 564-581). Suite de dix-huit pièces, belles épreuves, sans marge.

58 — La même suite; copies en contre-partie. Dix-huit pièces, très belles épreuves, grandes marges.

59 — Catafalque de l'empereur Mathias (M. 597). Epreuve du troisième état. — Plus une copie.

60 — La Carrière ou la rue Neuve de Nancy (M. 621). Belle épreuve du premier état avant l'adresse.

61 — Le Parterre de Nancy (M. 622). Belle épreuve.

62 — Le Pantalon ou Cassandre (M. 627). Belle épreuve du premier état.

63 — Le Capitan (M. 628). Belle épreuve.

64 — Zani ou Scapin (M. 629). Très belle épreuve.

65 — Balli di Sfessania (M. 641-664). Suite de vingt-quatre pièces, dont plusieurs belles épreuves.

66 — Les Supplices (M. 665). Belle épreuve du troisième état.

67 — Le Brelan, ou l'Enfant prodigue (M. 666). Deux copies en contre-partie.

68 — La Petite vue de Paris (M. 712). Belle épreuve de l'avant-dernier état.

69 — La même estampe. Épreuve du cinquième état.

70 — Paysages dessinés à Florence (M. 1187-1198). Suite de douze pièces, grandes marges.

71 — Moïse frappant le rocher. — L'Arbre de saint François. — Saint Nicolas. Trois pièces.

72 — Le Martyre des Apôtres. Deux suites de seize pièces dont une moderne.

73 — Nouveau Testament. — La petite Passion. — La Vie de la Vierge. Trente et une pièces, dont plusieurs du premier état avant les numéros.

CALLOT (J.)

74 — La Vie de la Vierge. — La petite Passion. — Figures variées. — Les Fantaisies. Cinquante pièces.

75 — Petits Saints. Vingt-sept pièces, très belles épreuves.

76 — Vue de Paris. — La Foire de Gondreville. — Parterre de Nancy. — La Grande chasse. Six pièces.

77 — Les Grandes et petites misères de la guerre. — Le Combat à la barrière. Trente-trois pièces, dont plusieurs belles épreuves.

78 — La Noblesse. — Les Gueux. — Les Bohémiens. Quatre-vingt-trois pièces.

79 — Partie de son œuvre. Environ cent cinquante pièces.

CANALETTI (par et d'après)

80 — Vues de Venise. Trente-trois pièces de grand et de petit format.

CARAGLIO (J.)

81 — L'Annonciation, d'après le Titien (B. 3). Très belle épreuve.

CARRACHE (Ann.)

82 — La Vierge et l'enfant Jésus. — La Sainte Famille. — Jésus et la Samaritaine. — Suzanne au bain. — Saint François. Huit pièces gravées à l'eau-forte, belles épreuves.

CRANACH (Lucas)

83 — La Pénitence de Chrysostome (B. 1). Belle épreuve.

84 — Ph. Mélanchton, en pied. Très belle épreuve avant le texte au verso. — Plus un portrait de Martin Luther, in-8.

CUSTODIS (D.).

85 — Henri IV, roi de France. Très belle épreuve.

DÉ (le Maître au)

86 — Le Phénix (B. 76). Belle épreuve.

DELLA-BELLA

87 — Suite de paysages. Treize pièces, belles épreuves.

88 — Œuvre de Della Bella. Cent soixante-dix-sept pièces.

DELLA-CASA (N.)

89 — Portrait de Cosme de Médicis. Très belle épreuve du premier état avant l'adresse de Lafrery.

DIÉTRICY

90 — Sujets divers. — Animaux et paysages, gravés à l'eau-forte. Dix-sept pièces, très belles épreuves.

DOLENDO (Z.)

91 — Allégories de forme ronde. Trois pièces, dont deux copies.

DU CERCEAU

92 — Ornements d'orfèvrerie propres pour flenquer et émailler. Cahier de six pièces.

DURER (Albert)

93 — Adam et Eve (B. 1). Belle épreuve.

94 — Jésus devant Caïphe (B. 6). —Jésus amené à Pilate (7). — La Descente de croix (14). Trois pièces, belles épreuves.

95 — La Vierge aux cheveux longs liés avec une bandelette (B. 30). Très belle épreuve.

96 — La Vierge à la couronne d'étoiles. Copie A (B. 31). Belle épreuve.

97 — La Vierge à la couronne d'étoiles et au sceptre (B. 32). Belle épreuve.

98 — La Vierge allaitant l'enfant Jésus (B. 34). Belle épreuve.

99 — La Vierge couronnée par deux anges (B. 39). Belle épreuve.

100 — La Vierge à la porte (B. 45). Belle épreuve.

DURER (Albert)

101 — Saint-Sébastien attaché à un arbre (B. 55). Belle épreuve.

102 — Les Trois Génies (B. 66). — Copie du même sujet par Wierix. Deux pièces.

103 — La Justice (B. 79). Très belle épreuve.

104 — Le Pourceau monstrueux (B. 95). Belle épreuve.

105 — L'Homme de douleurs assis (B. 22). — La petite Fortune (78). — Le Joueur de cornemuse (91). — Albert de Mayence, vu de profil (103). Quatre pièces, belles épreuves.

106 — Les Trois paysans (B. 86). — L'Enseigne (87). — Le Branle (90). Trois copies, belles épreuves.

107 — Sujets gravés sur bois. Dix pièces, anciennes épreuves.

DUVET (Jean)

108 — Une licorne conduite en triomphe par un roi et une reine (B. 41). Belle épreuve.

DYCK (Ant. Van)

109 — Pierre Breughel (Web. 2). Très belle épreuve.

110 — Jean Breughel (W. 1). Erasme de Rotterdam (W. 5). Trois pièces, belles épreuves.

111 — Jud. de Momper (W. 8). — Paul de Vos (W. 20), deuxième et quatrième états. Quatre pièces.

DYCK (d'après Van)

112 — Maria Ruten, femme d'Ant. Van Dyck, par Wyngaërde. Epreuve du premier état avec l'adresse de Meyssens.

113 — Antoine de Bourbon, comte de Moret. Très belle épreuve du deuxième état, tirée sur papier aux armes de Lorraine.

114 — Le marquis de Moncade. Très belle épreuve du premier état, avant le privilège.

115 — Gerard Séghers, par Vosterman. Deux épreuves dont une du deuxième état avant le nom du graveur et l'adresse.

DYCK (d'après Van)

116 — Béatrix de Cusance, épouse de Charles III. Belle épreuve du premier état, avec l'adresse.

117 — Marie Claire de Croy, duchesse de Havré. Très belle épreuve du premier état avec l'adresse.

118 — Geneviève d'Urfé, par P. de Jode, deuxième état. — La comtesse de Carlyle, par P. de Baillin. — Ernestine, princesse de Ligne. Trois pièces, très belles épreuves.

119 — Béatrix de Cuzance, par P. de Jode, premier état. — Jean Malderus, par Hollar. — Lucas et Corn. de Waël, par le même. — Robert, comte palatin, par Snyers. — Baldwin Van Eck, par Paul Pontius, avant le privilège. — Ferdinand d'Autriche, par P. de Jode, premier état, avec l'adresse de Meyssens. Six pièces, très belles épreuves.

120 — Juste Lipse, par Bolswert, deuxième état. — Cesar Scaglia, par Pontius, troisième état. — Théodore Vanlonius, premier état, avant le nom de Pontius. — Corneille Schut par Vosterman, deuxième état. — Philippe Leroy, avant toute lettre. Cinq pièces, très belles épreuves.

121 — Thomas Willeborts. — Jean Bapt. Barbe, par Bolswert, premier état, avant le nom du graveur. — Paul Halmalius, deuxième état. — Jacques de Breuck, deuxième état. — Gaspar Ravestyn, deuxième état. — Théod. Rombouts, par Pontius, deuxième état. — Charles de Mallery. Sept pièces, très belles épreuves avec l'adresse de Martin Van den Enden.

122 — Martin Pépin, par Bolswert. — Jean, comte de Tserclaës. — Jean Van Ravestein — Aubert Miracus — Simon de Vos, par Pontius. — Déodatus del Mont, par Vosterman. — Honoré d'Urfé. — Christ. Van der Lamen, par Clouet. — Henri Liberti, par P. de Jode. — Christian, duc de Brunswick, par Van Voerst. Dix pièces, très belles épreuves.

123 — Les Comtes et Comtesses, par Lombard. Suite de douze pièces, très belles épreuves.

DYCK (d'après Van)

124 — Les mêmes portraits. Dix pièces, belles épreuves.

125 — Doubles de la même suite. Sept pièces.

126 — Portraits gravés, par Pontius. Quinze pièces, belles épreuves.

127 — Portraits gravés, par Lucas Vosterman. Dix-sept pièces, belles épreuves.

128 — Portraits gravés par Bolswert, P. de Jode, Corn. Galle, J. Néefs, R. Wœrst. Quatorze pièces, belles épreuves.

129 — Portraits par divers. Vingt-huit pièces.

ÉCOLE DE FONTAINEBLEAU

130 — Actéon métamorphosé en cerf (B. 73). Très belle épreuve. Avec une bordure non décrite pas Bartsch.

131 — La même estampe. Epreuve du même état.

EVERDIGEN (A. Van)

132 — Marines et Paysages. Sept pièces, belles épreuves.

FLAMEN (Alb.)

133 — Poissons de mer et de rivière. Vingt-six pièces, très belles épreuves.

134 — Poissons. Trente-trois pièces, belles épreuves.

135 — Oiseaux et Poissons. Dix-sept pièces.

GAULTIER (L.)

136 — Le Jugement dernier, d'après Michel-Ange. Belle épreuve.

137 — Louis XIII, roi de France. Belle épreuve.

138 — Portraits divers. Huit pièces.

GHISI (Diane)

139 — Jésus-Christ renvoyant la femme adultère, d'après Jules Romain (B. 4). Très belle épreuve.

GHISI (G.)

140 — Hercule victorieux de l'Hydre de Lerne (B. 44). Très belle épreuve. Collection Debois.

GOLTZIUS (H.)

141 — La Visitation (B. 16). — Les Pasteurs adorant l'enfant Jésus (17). — La Sainte Famille (20). Trois pièces, très belles épreuves.

142 — Le Massacre des Innocents, pièce inachevée (B. 23). Très belle épreuve.

143 — Jean Boll, peintre (B. 161). Très belle épreuve.

144 — Jean Zurénus (B. 189). Très belle épreuve du premier état, avant les armes.

145 — Le fils de Théodore Frisius, avec son chien (B. 190). Très belle épreuve.

GOLTZIUS (par et d'après)

146 — La Passion, le Baptême du Christ, l'Ange soutenant le corps du Christ, saint Jérôme, saint Paul, l'Astronomie, le Fou, Gens d'armes, etc. Vingt-sept pièces.

GREUTER (M.)

147 — Colonne dressée à Rome en la place Saint-Antoine, à la mémoire de Henri IV, roi de France et de Navarre. — Vue intérieure de l'Église Saint-Pierre à Rome entourée des portraits de saint Isidore, sainte Thérèse, saint Ignace et saint Philippe de Néri. Deux pièces, très belles épreuves.

H. E. (Maître au monogramme)

148 — Les Dieux marins (B. 3). Très belle épreuve. Collection Donnadieu.

149 — Le Parnasse profané (B. 4). Très belle épreuve. Vente Debois.

HECKE (J. van den)

150 — Différents animaux. Suite de douze estampes (B. 1-12). Très belles épreuves.

HOLLAR (W.)

151 — Portraits d'après Holbein. Quatre pièces, très belles épreuves. Encadrées.

152 — Le Lion. — Le Cerf. — La Taupe. — Les Manchons. — Papillons et Chenilles. Treize pièces, très belles épreuves.

153 — Costumes. — Têtes grotesques, d'après Léonard de Vinci. Vingt-cinq pièces.

HOPFER (Daniel)

154 — Motifs d'orfèvrerie, sujets religieux, armoiries. Onze pièces, très belles épreuves.

JARDIN (Karel du)

155 — Œuvre de Karel du Jardin. Cinquante et une pièces, belles épreuves, dont quelques doubles.

LASNE (Michel)

156 — Antoine de Loménie. — Nicolas de Neufville, seigneur de Villeroy. — Balthazar Baro. Trois pièces, belles épreuves.

LE CLERC (Séb.)

157 — Vue d'une partie de l'hôtel royal des Gobelins. — Cérémonie de prestation de serment dans la chapelle de Versailles. — Sujet allégorique du mariage du duc de Bourgogne. — Intérieur de l'Observatoire. — La Forteresse de Montmélian. — Pompes funèbres, etc. Neuf pièces, belles épreuves.

158 — Sujets divers. Soixante-deux pièces.

LEU (Thomas de)

159 — Antoine Caron (R. D. 330). Très belle épreuve.

LEU (THOMAS DE)

160 — Henri IV, à cheval (R. D. 417). Epreuve du deuxième état. — Le même personnage, par Léonard Gaultier. Deux pièces, belles épreuves.

161 — Guillaume Leblanc (R. D. 433). Très belle épreuve du premier état.

162 — Henry de Savoie, duc de Nemours (R. D. 466). Belle épreuve.

163 — Pourtraict de Madame, fille unique de Henri IV, roi de France, in-4. Belle épreuve.

164 — Frontispice des décades de Tite-Live, avec portraits de Henri IV et de Marie de Médicis, in-fol. Belle épreuve.

165 — Portraits de Charles IX, le cardinal de Bourbon, Gabrielle d'Estrées, Elisabeth d'Autriche, le duc d'Anjou, Louis de Bourbon, prince de Condé, etc. Onze pièces.

LIVENS (J.)

166 Bustes de vieillards (Cl. 22, 23). — Jeune femme (25). — Bustes d'hommes (28, 29). — Buste de vieillard (32). — Buste de femme (42). — Buste de vieillard (50), etc. Douze pièces, belles épreuves.

LORRAIN (CL. GELÉE, dit CLAUDE)

167 — La Fuite en Egypte (R. D. 1). Très belle épreuve du deuxième état.

168 — Le Naufrage (R. D. 7). Belle épreuve du premier état.

169 — Le Pont de bois (R. D. 14). Belle épreuve du deuxième état.

170 — La Fuite en Egypte (R. D. 1). — L'Apparition (2). — Le Passage du gué (3). — Le Naufrage (7). — Le Dessinateur (9). Six pièces.

171 — La Danse sous les arbres (R. D. 10). — Scène de brigands (12). — Le Port de mer à la grosse tour (13). — Le Pont de bois (14). — Le Départ pour les champs (16). Cinq pièces.

LORRAIN (Cl. Gelée, dit Claude)

172 — Le Pâtre et la Bergère (R. D. 25). — Les Quatre chèvres (27). Deux pièces.

173 — La Fuite en Egypte, l'Apparition, le Dessinateur. Trois pièces.

LUCAS DE LEYDE

174 — Le Couronnement d'épines (B. 49). — La Descente aux limbes (55). Deux pièces.

175 — Jésus-Christ présenté au peuple (B. 71). Ancienne épreuve.

176 — Le Calvaire (B. 74). Copie ancienne, très belle épreuve.

177 — Les Sept vertus (B. 127-133). Belles épreuves. Collection Robert-Duménil.

178 — Mars et Vénus (B. 137). Belle épreuve.

179 — Un Jeune homme à la tête de gens armés (B. 142). Belle épreuve.

180 — Adam et Eve chassés du Paradis terrestre (B. 4). — Caïn tuant Abel (13). — La Visitation (36). — La Passion (44, 48, 51, 56). — Le Retour de l'Enfant prodigue (78). — Les Apôtres (89, 91, 92, 96). — Un écusson vuide (166). Treize pièces.

MANTÉGNA (André)

181 — Hercule et Anthée (B. 16). Belle épreuve.

182 — Bacchanale au Silène (B. 20). Belle épreuve, fatig.

MARATTE (Carle)

183 — Sujets religieux, gravés à l'eau-forte. Vingt pièces, dont plusieurs belles épreuves.

MARTINY (Martin)

184 — Bataille de Morat en 1476; victoire des Suisses et de René II de Lorraine sur Charles le Téméraire, grand in-fol. en deux feuilles. Très belle épreuve. Rare.

MATHAM (J.)

185 — Moïse (B. 85). — Aaron (171). — Neptune (311). Trois pièces, belles épreuves.

MATHAM (Th.)

186 — Instruments de musique. Pièce non décrite par Bartsch. Belle épreuve.

MECKEN (Israel de)

187 — Le Portement de croix (B. 23). Belle épreuve.

MÉRIAN (Mathieu)

188 — Arabesques. Huit pièces, très belles épreuves.

MEUSNIER (L.)

189 — Vues des bords du Rhône et de l'Arve. — Vues d'Espagne. Dix-sept pièces, belles épreuves.

MOLYN (P.)

190 — Œuvre de Pierre Molyn, complet en quatre pièces (B. 1-4). Belles épreuves.

NORBLIN (P.)

191 — Œuvre de Norblin. Trente-huit pièces, belles épreuves sur chine.

PASSE (Crispin de)

192 — Portraits de Henri III et de Henri IV, médaillons en regard l'un de l'autre avec scènes au-dessous, in-4. Très belle épreuve. Collection Firmin-Didot.

193 — Henri IV, roi de France. — Marie de Médicis, in-8. Deux pièces, belles épreuves. Collection Firmin-Didot.

194 — Henri IV, roi de France. Belle épreuve. Collection Firmin-Didot.

195 — Portrait d'Henri IV, avec une scène au-dessous, in-4. Belle épreuve. Collection Firmin-Didot.

PENCZ (G.)

196 — Thomiris, reine des Scythes (B. 70). — Médée (71). Deux pièces, belles épreuves.

197 — Sophonisbe (B. 82). Deux épreuves, dont une avant la retouche.

198 — Virginius (B. 84). Très belle épreuve.

199 — Les Sept arts libéraux (B. 110-116). Très belles épreuves.

200 — Le Triomphe de l'Amour (B. 117). — Le Triomphe de la Mort (121). — Le Triomphe de l'Eternité (122). Trois pièces, belles épreuves.

201 — Thomiris. — Didon. — Procris et Céphale. — Sujets de l'Ancien et du Nouveau Testament. Dix-huit pièces, belles épreuves.

PERELLE

202 — Vues de Versailles, Fontainebleau, Chantilly, Saint-Cloud, Saint-Germain-en-Laye, Sceaux. Soixante-huit pièces, dont plusieurs avant la lettre.

203 — Vues de Paris et de France. Cinquante-cinq pièces.

PÉRELLE (d'après)

204 — Édifice et campagne de délices à Fontainebleau, mis en lumière par Charles Allard à Amsterdam; cahier de dix-huit pièces. — Vues du Parc d'Enghein; cahier de douze pièces. — Vues de Versailles, huit pièces. Ensemble trente-huit pièces.

PÉRIGNON (N.)

205 — Vues et paysages. Trente-cinq pièces.

PONTIUS (Paul)

206 — Le comte d'Olivarès, d'après Rubens. Très belle épreuve avant la barbe rallongée. Collection Donnadieu.

RAIMONDI (MARC-ANTOINE)

207 — La Manne (B. 8). Très belle épreuve.

208 — La même estampe. Belle épreuve.

209 — David coupant la tête de Goliath (B. 10). Épreuve avant la retouche.

210 — Le Massacre des Innocents (B. 18). Belle copie ne portant pas les chiffres de Raphaël et de Marc-Antoine.

211 — Le Massacre des Innocents (B. 21). Copie A. Très belle épreuve.

212 — Ananie frappé de mort (B. 42). Copie. Épreuve collée.

213 — Saint Paul prêchant à Athènes (B. 44). Très belle épreuve.

214 — La Vierge à la longue cuisse (B. 57). Très belle épreuve.

215 — La Vierge au berceau (B. 63). Belle épreuve.

216 — Sainte Cécile (B. 116). Copie A et copie B. Deux pièces.

217 — Le Martyre de sainte Félicité (B. 117). Belle épreuve.

218 — Iphigénie (B. 194). Belle épreuve.

219 — La même estampe. Belle épreuve.

220 — Alexandre faisant serrer les livres d'Homère (B. 207). Copie B. Très belle épreuve.

221 — La Bataille au Coutelas (B. 212). Belle épreuve.

222 — Marche de Silène (B. 240). Très belle épreuve.

223 — La Bacchanale (B. 249). Copie par Énée Vico. Très belle épreuve. — Plus une autre copie non décrite pa Bartsch.

RAIMONDI (Marc-Antoine)

224 — Le jeune et le vieux Bacchant (B. 294). Belle épreuve. Plus la copie B.

225 — Les termes et statues en gaines (B. 301-304). Suite de quatre pièces. Belles épreuves.

226 — La Vendange (B. 306). Belle épreuve.

227 — Vénus blessée par l'épine d'un rosier (B. 321). Très belle épreuve.

228 — Cupidon et les trois Grâces (B. 344). Belle épreuve.

229 — Le Quos Ego (B. 352). Belle épreuve.

230 — Trajan entre la ville de Rome et la Victoire (B. 361). Belle épreuve.

231 — Angélique et Médor (B. 484). Très belle épreuve. Collection Debois.

232 — La Cassolette (B. 489). Epreuve tirée avant que la planche ait été vendue par M. Blaisot à M. Galichon. — Plus la copie B.

233 — Portrait de Raphaël Sanzio (B. 496). Copie A. Belle épreuve. Collection Dromont.

RAIMONDI (Anonyme de l'Ecole de)

234 — Jésus-Christ guérissant un aveugle-né. (B. p. 16). Très belle épreuve.

235 — Scipion et Annibal (B. p. 31). Très belle épreuve.

236 — La Dialectique et la Logique (B. p. 48). Belle épreuve.

237 — Pièce allégorique sur l'Amour (B. p. 54). Très belle épreuve.

REMBRANDT (Van Rhyn)

238 — Portrait de Rembrandt avec une écharpe autour du cou (Cl. 17). Epreuve du troisième état. Collection du prince de Paar. — Avec une contre-épreuve.

REMBRANDT (Van Rhyn)

239 — Portrait de Rembrandt au bonnet orné d'une plume (Cl. 20). Belle épreuve.

240 — Rembrandt dessinant (Cl. 22). Belle épreuve.

241 — Portrait de Rembrandt aux cheveux courts et frisés (Cl. 26). Belle épreuve.

242 — L'Ange qui disparaît devant la famille de Tobie (Cl. 47). Belle épreuve.

243 — La Nativité (Cl. 49). Belle épreuve.

244 — La Circoncision (Cl. 51). Très belle épreuve. Collection Donnadieu.

245 — La Présentation au Temple (Cl. 53). Belle épreuve du deuxième état.

246 — La même estampe. Belle épreuve.

247 — Jésus-Christ au milieu des docteurs (Cl. 68). Belle épreuve.

248 — Jésus-Christ chassant les vendeurs hors du Temple (Cl. 73). Très belle épreuve du premier état. Collections Konig et Donnadieu.

249 — Les petits Disciples d'Emmaüs (Cl. 92). Belle épreuve.

250 — Le Martyre de saint Etienne (Cl. 100). Très belle épreuve.

251 — Baptême de l'Eunuque (Cl. 101). Belle épreuve.

252 — Le Petit Orfèvre (Cl. 125). Très belle épreuve.

253 — La Faiseuse de Kouks (Cl. 126). Très belle épreuve.

254 — Le Jeu de Kolf (Cl. 127). Très belle épreuve. Collection Donnadieu.

255 — La même estampe. Belle épreuve. Collection du prince de Paar.

REMBRANDT (Van Rhyn)

256 — Le Maître d'École (Cl. 129). Belle épreuve.

257 — Le Dessinateur (Cl. 131). Belle épreuve.

258 — Le Joueur de cartes (Cl. 136). Très belle épreuve.

259 — La même estampe. Deux épreuves en états différents.

260 — Le Persan (Cl. 149). Belle épreuve.

261 — Gueux debout (Cl. 159). Belle épreuve.

262 — Autre Gueux debout (Cl. 160). Belle épreuve.

263 — Gueux et Gueuse (Cl. 161). Belle épreuve.

264 — Gueux estropié (Cl. 176). Très belle épreuve.

265 — Le Dessinateur, d'après le modèle (Cl. 189). Très belle épreuve du deuxième état. Collection Donnadieu.

266 — La même estampe. Belle épreuve.

267 — Homme nu assis (Cl. 190). Très belle épreuve. Collections Bohm, Arozarèna et Firmin-Didot.

268 — Les Baigneurs (Cl. 192). Belle épreuve. Collection Donnadieu.

269 — Femme nue, les pieds dans l'eau (Cl. 197). Belle épreuve.

270 — Homme à moustaches et grand bonnet (Cl. 314). Belle épreuve.

271 — Autre petite tête grotesque (Cl. 320). Belle épreuve.

272 — Feuille de six têtes; au milieu le portrait de la femme de Rembrandt (Cl. 355). Belle épreuve.

273 — Griffonnements gravés sur différents sens de la planche (Cl. 359). Très belle épreuve. Collection Donnadieu.

274 — Rembrandt et sa femme (Cl. 19). — Abraham caressant Isaac (38). — Joseph et Putiphar (43). David priant (45). — L'Ange qui disparaît devant la famille de Tobie (47). Cinq pièces.

REMBRANDT (Van Rhyn)

275 — L'Annonciation aux bergers (Cl. 48). — La Nativité (49). — L'Adoration des bergers (50). — La Circoncision (51). — La Présentation au temple (53). — La Fuite en Égypte (57). — Autre Fuite en Egypte (60). — Le Repos en Egypte (61). Huit pièces.

276 — La Sainte Famille (Cl. 67). — Le dernier de César (72). — Jésus chassant les vendeurs du temple (73). — La Samaritaine (74). — Jésus dans le jardin des Oliviers (79). — Jésus en croix entre les deux larrons (84). — Les disciples d'Emaüs (91). Sept pièces.

277 — Le Retour de l'Enfant prodigue (Cl. 95). — Pierre et Jean à la porte du temple (97). — Le Martyre de saint Etienne (100). — La mort de la Vierge (102). — Saint Jérôme (105). Cinq pièces.

278 — Le Mariage de Jason et de Créüse (Cl. 114). — L'Etoile des rois (115). — Les trois figures orientales (120). — Le petit orfèvre (125). Le Maître d'école (129). Cinq pièces.

279 — Le Paysan avec la femme et l'enfant (Cl. 132) — Juif à grand bonnet (133). — Vieillard à courte barbe (148). — Le Persan (149). — Gueux et gueuse (161). — La femme à la calebasse (165). — La vieille mendiante (167). Mendiants à la porte d'une maison (173). — Les deux gueux en pendants (175). Neuf pièces.

280 — Les deux figures académiques (Cl. 191). — Les Baigneurs (192). — Paysage à la tour (220). — La Chaumière et la grange à foin (222). — La Campagne du peseur d'or (231). Cinq pièces.

281 — Janus Silvius (Cl. 263). — Jeune homme assis et réfléchissant (265). Portrait de Faustus (267). — Clément de Jonghe (269). — Abraham France (270). — Le jeune Haaring (272). — Jean Lutma (273). — Jean Asselin (274). — Utenbogardus (276). — Jean Silvius (277). — Le bourgmestre Six (282). Onze pièces.

REMBRANDT (Van Rhyn)

282 — Tête orientale (Cl. 285). — Vieillard à grande barbe (287). — Homme à moustaches et grand bonnet (314). Vieille femme assise (334). — La Vieille qui dort (340). — La mère de Rembrandt (343). — La feuille aux six têtes (355). — Les trois têtes de femme, dont une qui dort (358). Huit pièces.

283 — Doubles des estampes précédentes. Douze pièces.

284 — Copies par divers. Quarante-six pièces.

RÉVERDINO

285 — Tarquin et Lucrèce (B. 17). Belle épreuve.

RIBERA (J.)

286 — Le corps mort de Jésus-Christ (B. 1). Très belle épreuve. Vente Calamatta.

287 — Saint Jérôme (B. 4). — Saint Pierre (7). Deux pièces, belles épreuves.

288 — Repos en Egypte, d'après Saraceno (B. p. 87). — Epreuve d'un premier état non décrit.

289 — Partie de son œuvre. Quatorze pièces, belles épreuves.

ROTA (Martin)

290 — Pie V, pape, faisant faire alliance à Philippe II, roi d'Espagne, avec le doge de Venise; médaille (B. 89). Très belle épreuve.

SADELER (Eg.)

291 — Les trois Marie, d'après Spranger. Très belle épreuve. Signée au verso : P. Mariette.

SADELER (J.)

292 — Le prophète David. Très belle épreuve.

293 — Adam et Ève. — Les anges adorant l'Enfant Jésus. — Sardanapale. — L'Age d'or. Cinq pièces, belles épreuves.

SAENREDAM (J.)

294 — Le philosophe et les jeunes gens (B. 8). Très belle épreuve.

295 — L'Enfant prodigue, d'après Bloémart (B. 25). Très belle épreuve du premier état avant l'adresse de Janssen.

296 — Tête de mort d'après Bloémart (B. 30). Très belle épreuve.

297 — L'Antre de Pluton (B. 39). Très belle épreuve.

SANNUTI (J.)

298 — Bacchanale (B. 5). Très belle épreuve.

SCHMIDT (G.-F.)

299 — Sujets d'après Rembrandt et autres, gravés à l'eau forte. Cinq pièces, très belles épreuves.

SCHONGAUER (Martin)

300 — Jésus-Christ présenté au peuple (B. 15). Belle épreuve.

SICHEM (Van)

301 — François Ravaillac, en pied, in-4. Très belle épreuve.

SILVESTRE (Israel)

302 — Vues de Paris : Eglise Sainte-Elisabeth, l'église des Bons-Hommes, l'île Notre-Dame, église Saint-Gervais, la Sorbonne, le Luxembourg, le Pont et le temple de Charenton. Treize pièces.

303 — Vues de Fontainebleau, Moret, Saint-Cloud, le Raincy, Rueil, Liencourt, Château de Madrid, Chilly, Saint-Maur, Trente-neuf pièces.

304 — Vues de Melun, Conflans, Verneuil, l'Abbaye de Clairvaux, Châteaux de Blérancourt, Pont en Champagne, Richelieu, Bury, Rostaing, etc. Quinze pièces.

305 — Vues de Lyon et d'Avignon. Treize pièces.

SILVESTRE (Israel)

306 — Les plaisirs de l'Ile enchantée, ou les fêtes et divertissements du Roy à Versailles, en 1664. Onze pièces.

307 — Vues de Rome et d'Italie. Quatre-vingt-quinze pièces.

SOLIS (Virgile)

308 — Josué (B. 54). — Judas Machabée (56). — Der Gros Alexander (58). — Caiesar Carolus (60). — Cunnig Artus (61). — Clio (114). Six pièces, très belles épreuves.

STELLA (A.)

309 — Rémus et Romulus allaités par la louve. Très belle épreuve du premier état avant le nom du peintre.

SUYDERHOEF (J.)

310 — Intérieur hollandais, d'après Ostade, in-fol. Très belle épreuve.

311 — La même estampe. Belle épreuve.

312 — Jeanne, femme de Philippe Ier, reine de Castille. — Philippe V, roi d'Espagne, d'après Soutman. Deux pièces, belles épreuves.

SWANEVELT (Herman)

313 — Histoire d'Adonis (B. 101-106). Suite de six pièces, très belles épreuves du premier état.

314 — Œuvre d'Herman Swanevelt. Quatre-vingt-quatorze pièces.

TIEPOLO (Dom.)

315 — Sujets divers, gravés à l'eau-forte par ce maître. Dix-neuf pièces, très belles épreuves.

ULIET (Van)

316 — Les Métiers. Treize pièces, très belles épreuves.

ULIET (Van)

317 — Les Gueux. Seize pièces tirées de deux suites différentes ; belles épreuves.

VALLÉGIUS (Fr.)

318 — Portrait d'Henri IV avec une couronne sur la tête, et tenant un sceptre. Belle épreuve. Rare.

VANNI (Fr.)

319 — Saint François en extase (B. 3). Belle épreuve.

VELDE (J. Van dê)

320 — Les Joueurs. Très belle épreuve. Collection J Barnard.

VICO (Énée)

321 — La Sainte Vierge assise au pied de la croix (B. 9). Belle épreuve.

322 — Le Combat des Amazones (B. 14). Très belle épreuve.

323 — Lucrèce prête à se donner la mort (B. 17). Très belle épreuve.

VISSCHER (Corn.)

324 — Le Chat qui dort. Epreuve du deuxième état. — Plus une copie, par Vivarès.

325 — Buste de femme, d'après le Parmesan. Très belle épreuve avant l'adresse de Valk.

326 — Le Combat au pistolet. — Chargement d'un bateau. Deux pièces, très belles épreuves du premier état, avant toute lettre.

327 — La Vierge et l'enfant Jésus dans un paysage, d'après le Titien. Deux épreuves avant toute lettre, dont une avec marge.

328 — La Fricasseuse. Deux épreuves dont une très belle.

VISSCHER (Corn.)

329 — La Jeunesse et la Décrépitude, in-fol. Très belle épreuve, avant toute lettre.

VISSCHER (J.)

330 — Intérieur flamand, d'après Ostade. Très belle épreuve. — Plus une copie.

331 — Frontispice, d'après Berghem, in-fol. Deux épreuves dont une très belle avant toute lettre.

VOSTERMAN (L.)

332 — Le Coup de fléau, d'après Breughel. Très belle épreuve.

WATERLO (Ant.)

333 — Paysages gravés à l'eau-forte. Dix-huit pièces, dont plusieurs très belles épreuves.

334 — Suite de quatre-vingt-huit paysages de différentes grandeurs, composés et gravés à l'eau-forte, par Antoine Waterlo, in-fol. Un album broché, non rogné.

WIÉRIX (A.)

335 — Portrait d'Henri IV, roi de France, in-4. Très belle épreuve.

WIÉRIX (J.)

336 — Arbre symbolique de la croix. Très belle épreuve.

337 — Saint Bernard, d'après Ph. Galle. Très belle épreuve.

ZAGEL (Martin)

338 — La Décollation de sainte Catherine (B. 8). Belle épreuve sur papier à la couronne.

ZÉEMAN

339 — Marines. Vingt-neuf pièces, très belles épreuves.

GRAVURES DIVERSES

340 — Bijoux, dessus de boîtes, manches de couteaux, par Et. Delaulne, Th. de Bry, Jacquard, etc. Quatorze pièces.

341 — Arabesques, frises, bordures, par René Boyvin, Adrien Collaert, H. Le Roy, etc. Quinze pièces.

342 — Sujets mythologiques et autres, par Th. de Bry, Étienne de Laulne, Virgile Solis. Quatorze pièces.

343 — Arabesques, frises, trophées, par Bérain et autres. Trente et une pièces.

344 — Plafonds, décorations intérieures, cadres, par Crispin de Passe, J. Marot, Pinau, Blondel. Trente-huit pièces.

345 — Architecture, par Du Cerceau et autres. Trente-neuf pièces.

346 — Estampes, par et d'après Aldegraver, A. Dürer, Lucas de Leyde. Vingt pièces.

347 — Sujets religieux, de l'école de Marc-Antoine Raimondi. Onze pièces.

348 — Sujets mythologiques et autres, de l'école de Marc-Antoine. Quarante-sept pièces.

349 — Gravures, par Martin Rota, Le Mantuan, Léon Davent, Marc de Ravenne, Fréd. Baroche, etc. Dix pièces.

350 — Gravures, par Beatrizet, J. Bonasone, Batista Franco, J.-B. Mantuan. Vingt pièces, belles épreuves.

351 — Gravures, par J. Bonasone, G. et Diane Ghisi, Enée Vico. Dix-sept pièces, belles épreuves.

352 — Gravures, par Caraglio, S. de Ravenne, le Maître au Dé, J.-B. Mantuan, René Boyvin, etc. Dix-huit pièces, belles épreuves.

353 — Gravures, par Adam Ghisi, Enée Vico, le Bolognèse, Aug. Vénitien, J. Bonasone, etc. Quatorze pièces, belles épreuves.

354 — Estampes de l'école de Marc-Antoine Raimondi. Cinquante-trois pièces.

GRAVURES DIVERSES

355 — Eaux fortes, par Guido Reni, le Parmesan, Benedette de Castiglione, Diamantini, Cautarini, etc. Vingt-trois pièces.

356 — Gravures, par et d'après Pietre Testa, Paul Veronèse, Le Titien, Frédéric Barroche, Ann. Carrache, etc. Soixante-huit pièces.

357 — Estampes de l'École italienne ancienne. Soixante-trois pièces.

358 — Estampes diverses de l'Ecole italienne. Cinquante-sept pièces.

359 — Gravures, par J. Matham, Sadeler, Crispin de Passe, Saenredam, Ph. Galle, Corn. Cort, J. Müller. Seize pièces, très belles épreuves.

360 — Gravures, par et d'après Paul Potter, P. Molyn, J. van de Velde, de Goudt, Berghem, Villaména, Van Dyck, Romeyn, de Hooghe, etc. Vingt-quatre pièces.

361 — Scènes d'intérieur et tabagies, d'après Ostade, Salfleven, P. Quast, Boëns, Van der Borcht, etc. Dix-sept pièces, très belles épreuves.

362 — Gravures, par Ferd. Bol, Van Uliet, J. Livens, F. Custodis, etc. Trente-deux pièces.

363 — Gravures, par Sadeler, Beatrizet, Enée Vico, Adr. Collaërt, le Maître au Dé, Léonard Gaultier, C. Cort, etc. Cinquante pièces.

364 — Gravures, par Martin de Vos, Adr. Collaërt, Sadeler, C. Galle, Wierix. Soixante dix-huit pièces.

365 — Gravures, par Hans Burgmair, Martin de Vos, Cr. de Passe, Adr. Collaërt, N. de Bruyn, etc. Quatre-vingt-sept pièces.

366 — Gravures, par P. de Laër, C. Dusart, P. Nolpe, J. Luyken, J. Van de Velde, Pitteri, Wisscher, etc. Soixante dix-huit pièces.

367 — Gravures, par et d'après Berghem. Quarante-neuf pièces.

GRAVURES DIVERSES

368 — Paysages gravés à l'eau-forte, par Dominique Barrière, Van der Cabel, Jean Both, Francisque Millet, Genoëls, Meyeringh, Bauduins, Mauperché, etc. Quatre-vingt-neuf pièces, dont plusieurs en premier état.

369 — Eaux-fortes, par Bleker, Dietsch, J. Kobell, de Neve, S. Gessner. Quarante-huit pièces, belles épreuves.

370 — Eaux-fortes, par Wiérotter, Karel Du Jardin, Berghem, Stoop, etc. Soixante-six pièces.

371 — Eaux-fortes, par H. Bol, B. Bolswert, Poelemburg, Brinckmann, Mauperché, Guaspre Poussin, Demarne, Kloss, de Notter, F. Kobell, Waterlo, etc. Cent quatre pièces.

372 — Gravures de l'Ecole allemande ancienne. Une portefeuille contenant environ cent vingt pièces.

373 — Gravures de l'École hollandaise. Un portefeuille contenant environ cent cinquante pièces.

374 — Gravures, par Gérard de Lairesse, Laurent de La Hyre, Simon Vouet, Mauperché, Nic. Mignard, etc. Soixante et une pièces.

375 — Gravures, par Mellan, Mich. Lasne, P. de Jode, Jean Leclerc. — Portraits et costumes de Bonnart, Cl. Vignon et autres. Quatre-vingt-onze pièces.

376 — Portraits, par Crispin de Passe, Hondius, Muller, etc. Neuf pièces.

377 — Portraits français et étrangers anciens. Quatre-vingt-treize pièces.

378 — Vues de Paris et de France, par Silvestre, Pérelle, J. Marot, Goirand, etc. Soixante-quatorze pièces.

379 — Études d'animaux. Un portefeuille contenant environ deux cents pièces.

380 — Quelques portefeuilles.

Imprimerie D. Dumoulin et Cie, à Paris.

www.ingramcontent.com/pod-product-compliance
Ingram Content Group UK Ltd.
Pitfield, Milton Keynes, MK11 3LW, UK
UKHW022005260726
13994UKWH00004B/1956

9 782329 362601